Le Code de la propriété intellectuelle interdit les copies ou reproductions destinées à une utilisation collective. Toute représentation ou représentation intégrale ou partielle faite par quelque procédé que ce soit, sans le consentement de l'Auteure ou de ses ayants droits est illicite et constitue une contrefaçon sanctionnée par les articles L335-2 et suivants du Code de la propriété intellectuelle.

© 2018, Dominique Godart

Editeur : Books on Demand GmbH, 12/14 rond point des Champs Elysées, 75008 Paris, France
Impression : Books on Demand GmbH, Norderstedt, Allemagne
ISBN 9782322101993
Dépôt légal : Janvier 2018

Les mots font l'Amour

André Breton

Remerciements

A

Régine Franceschi   Ecrivaine. Le destin l'a mise sur mon chemin. Ses encouragements m'ont aidée à donner vie à tout l'imaginaire qui sommeillait en moi.

Lily-Marie Barradel   Ma petite fille à qui je dédie ce recueil de nouvelles, pour m'avoir donné la force de ne jamais abandonner et de croire au bonheur du lendemain.

Roger R.   Pour mes débuts dans l'écriture,
Isabelle M.   Mon médecin, pour son soutien jusqu'à la réalisation de ce recueil,
Jean-François S. Pour nos échanges constructifs
Thierry S.   Mon kinésithérapcute pour m'avoir détendue en période difficile.

DOMINIQUE GODART

SENTIMENTS INTEMPORELS.

PREMIERES NOUVELLES !

BOOMERANG

Lundi

Coucou Mamie.

Depuis le jour où mes parents m'ont interdit de te voir, je me suis juré de t'écrire dès que j'aurai quinze ans.

Je les ai eus hier. Ma mère et mon beau-père ont organisé cette fête d'anniversaire. Tout le monde était présent. C'était une très belle fête, et comme chaque fois il manquait la personne que j'aime le plus au monde « TOI » ! « MA MAMIE CHERIE ».

Je te demande pardon, pour toute la peine que je t'ai faite. J'étais petite, mes parents m'ont forcée à dire et à écrire beaucoup de mal contre toi. Je pensais toujours l'inverse.

« Pardon Mamie ! Je pleure souvent en cachette, mon cœur saigne encore. Je regrette beaucoup. A cause de moi tu as eu beaucoup de chagrin. J'étais obligée, sinon mon père hurlait ».

Je te donne l'adresse de Léa, tu peux écrire chez elle, nous sommes amies depuis la sixième. Je lui ai raconté toute notre histoire.

Je lui ai dit combien j'étais bien avec toi, comment tu m'as protégée et tout ce qu'on a fait ensemble.

Merci Mamie pour tous ces bonheurs que je n'oublierai jamais.

Léa dit que j'ai de la chance d'avoir une grand-mère comme toi ! Elle a une grand-mère qui perd la tête et l'autre habite au Canada, elle ne la voit jamais.

Voici son adresse :

Léa Dubois,

10 chemin de la Vigne (c'est drôle ! Son père vend du vin)

57000 Algrange

Je t'aime jusqu'à la planète Mars ! Tu t'en souviens !

Je te fais de grosses bises

Julie

Jeudi

Bonjour ma petite chérie. J'ai été très étonnée de découvrir une enveloppe couverte de cœurs de toutes les couleurs portant au dos le nom de Léa.

Je voulais connaître cette Léa qui m'écrivait. Quand j'ai découvert le second mot au début de la correspondance, « MAMIE » j'ai failli m'évanouir. « C'est toi ma petite chérie » « Toi ma Julie ». J'ai commencé à pleurer de joie, de bonheur, de soulagement. J'ai posé la lettre sur mes genoux, je nous ai revues toutes les deux dans la cuisine, là où je suis en ce moment pour lire cette lettre que j'ai tant attendue et espérée.

Combien de fois je me suis demandé si tu ne m'avais pas oubliée, je ne pouvais plus te voir, le juge a donné raison à tes parents. « J'étais toxique pour toi ! A-t-il dit. Il fallait nous séparer. » « Nous aimer jusqu'à la planète Mars est un sentiment puni par la loi ! »

En fait, c'était pour ménager tes parents que le juge a donné ce verdict. C'est mon intime conviction.

Oh ! Combien ça m'a fait mal, j'ai reçu ce jour-là des coups de poignards dans le cœur ! Comment ton père, enfant adopté, a-t-il pu agir ainsi envers une mère qui lui a offert tout l'amour et les joies de la vie ?

Je me suis résignée. J'espérais de tout mon cœur, de toute mon âme qu'un jour tu reviennes vers moi !

J'aurais pu venir te voir en cachette, mais j'étais en proie au doute. Parfois je me disais : « *et s'il était vrai qu'elle ne veuille plus me voir ?* » puis je me ressaisissais en pensant *« il est impossible qu'une enfant comme Julie, si douce si aimante envers moi puisse m'oublier»*.

Ta lettre me redonne du bonheur, je retrouve le sourire perdu depuis six ans.

J'avais parfois des nouvelles de toi par des amies, cela suffisait pour me mettre de bonne humeur pour la journée.

Je suis à la retraite. Je suis souvent absente de la maison. Je continue à beaucoup voyager. Chaque fois que je prends un avion ou une autoroute, mes yeux se remplissent de larmes. Je te vois à mes côtés sur ton siège auto (que j'ai toujours gardé), jonglant avec les musiques installées sur la clé USB – Tal, Louanne, Maître Gim's n'ont plus de secrets pour moi – je reconnais les chansons et comme toujours je ne retiens pas les paroles. Quand je finissais les rimes par d'autres mots qui ne lui donnaient aucun sens, tu éclatais de rire. Ton rire tinte encore à mon oreille. Nous étions si heureuses !

Nous parcourions ainsi les nombreux kilomètres qui nous conduisaient à la patinoire, à la piscine, en Espagne ou en Italie.

J'ai malgré tout réussi à suivre ton parcours scolaire. Je sais que tu es en seconde. Je te félicite.

Tu as les gènes de l'intelligence de ton père et ceux de la rigueur de ta mère. Ce cocktail fait de toi une élève studieuse et travailleuse.

J'ai conservé ta chambre intacte, me disant qu'un jour tu reviendrais la voir et qui sait peut-être y dormir, en laissant comme d'habitude la porte ouverte.

Te souviens-tu ? Tu me rejoignais dans la nuit et tu disais qu'en l'ouvrant, la porte pouvait faire du bruit et me réveiller. En fait, tu voulais, tel un petit chaton te glisser à pas feutrés entre mes draps sans me réveiller.

C'était une ruse…Nous étions si fusionnelles que même la nuit nous ne nous séparions pas. Le matin je feignais aller te réveiller dans ta chambre puis découvrir avec stupeur que tu n'y étais pas ! Je t'appelais. Tu te pelotonnais sous mes draps en miaulant pour m'avertir que le petit chaton était caché là.

Ta lettre a fait renaître des émotions qui me font encore verser des larmes.

Ma « petite chérie » cette séparation est la plus grande souffrance de ma vie.

Cette douleur appartient désormais au passé.

Nous voilà réunies à nouveau par le biais de l'écriture.

Je t'embrasse.

Je t'adore

Mamie

Remercie Léa pour sa gentillesse car sans sa complicité, nous aurions été obligées d'attendre ta majorité.

Jeudi de la semaine suivante
Bonjour Mamie Chérie, je n'ai pas pu te répondre plus tôt. Léa a été malade quelques jours. Elle m'a donné ta lettre dès son retour Mardi.
Je te reconnais bien dans ces moments ci Mamie, tu choisis toujours de jolis papiers à lettre avec de belles enveloppes.
Tu t'es souvenue que j'aimais les chats, tu en as mis sur toute l'enveloppe et même sur la feuille. Tu es une sacrée Mamie ! Merci !
Je passe en première. Je prends la filière scientifique. J'aime la physique et je suis bonne en mathématiques.

J'ai suivi tes conseils, Mamie, je fais partie de celles qui vont décider.

Oh ! Mamie ! J'aimerais te serrer dans mes bras, j'aimerais que tu me prennes sur tes genoux comme lorsque j'étais petite. Tu chantais à mon oreille des chansons dont tu inventais les paroles, tu me câlinais tant, j'étais bien sur ton ventre douillet, j'étais apaisée.

Depuis que je ne te vois plus, personne ne se soucie de moi comme toi tu le faisais. Mes parents m'ont prise en otage pour m'offrir de l'indifférence.

Leurs attitudes étaient purement égoïstes et surtout envahies de jalousie parce que nous nous donnions trop d'amour.

Je grandis seule. J'ai des amis. Comme je sais que tu te poses la question, « je n'ai pas de petit ami ». Je n'ai pas envie de flirter avec eux, je vois souvent mon père se disputer avec ma belle-mère et mon beau-père le faire avec ma mère. Ça ne me donne pas envie de partager ma vie si jeune avec quelqu'un.

J'aimerais bien te voir. Léa m'a dit qu'elle organiserait un jour une rencontre pour que nous nous retrouvions. Léa et moi nous nous adorons.

Tu me manques Mamie.

J'attends ta lettre avec impatience. Écris vite avant les vacances.

Julie qui t'aime

Vendredi six jours avant les vacances

Merci pour ta lettre émouvante ma petite chérie.

Oui nous nous verrons bientôt.

Je te crierai mon amour et même si tu es grande, je te prendrai sur mes genoux, je te susurrerai tout l'amour que j'ai pour toi, cet amour infiniment tendre qui m'a permis de tenir sans être trop affligée par ton absence, car sans toi ma vie est bien mélancolique.

Je t'aime ma chérie

Je te dis à très bientôt

Mamie

- Julie ! Julie ! Qu'est-ce que tu fais encore ?

Julie se ressaisit puis sort de sa chambre avec des yeux rouges et bouffis à cause des larmes.

- Qu'est qu'il t'arrive encore ? Tu pleures souvent ces jours-ci ? lui demande son père sur un ton agacé.

- Tu veux savoir ce que j'ai ? Tu veux vraiment le savoir ?
- Oui ! vas y je t'écoute
- Je m'invente les échanges de courriers que j'aurais aimés avoir avec mamie, ta mère que tu n'as jamais voulu que je revoie parce que tu étais jaloux de l'amour que nous nous portions.

J'ai appris il y a quinze jours par la voisine de maman que mamie est morte. Elle est morte sans que nous ne nous soyons revues et c'est à cause de toi, oui à cause de TOI, toi que je déteste de m'avoir fait souffrir durant des années.

Son père, surpris d'apprendre la nouvelle du décès de sa mère se met à sangloter :

- Je suis triste de savoir que ma mère est morte et pardon de t'avoir fait autant souffrir. Je pensais ma mère ne m'aimait pas, je voulais me venger en la privant de toi.

Julie toise son père du regard et lui dit « désormais tu porteras ce remord toute ta vie ! »

Puis enfile sa veste : « Je vais parler à Mamie, sous le platane mûrier, là où elle et moi étions heureuses ».

Et sort en claquant la porte.

Depuis ce soir-là, Julie n'a plus voulu revoir son père pour qu'il comprenne ce que le mot « souffrir » veut dire quand on est séparé de ceux qu'on aime.

Julie est partie vivre chez sa mère le cœur plus triste que jamais.

FATIMA

Tête baissée, le nez plongé sur mes chaussures, je fais de grandes enjambées sur le trottoir qui mène en direction du grand parc de la Tête d'Or, en plein centre de Lyon.

Les massifs par milliers sont tous fleuris. Les roseraies aux multiples variétés parfument les allées. Les cygnes profitent des derniers moments de douceur et jouent bondissant à fleur d'eau comme des kangourous. J'en suis là de ma rêverie lorsque j'entame une enjambée, ma jambe reste figée, j'ai un moment de retenue. Je perds l'équilibre, je me ressaisis. C'est une carte d'identité !

Je me baisse, je ramasse ce document qu'un rayon de soleil rend brillant.

La photo en noir et blanc sur le côté gauche m'interpelle.

Ce visage aux traits fins, aux yeux clairs, encadré d'une chevelure noire, étrange …On ne sait jamais … il y a tant de hasard…Mon imagination vagabonde…

Je lis le prénom : Fatima ! C'est une portugaise ! Mon cœur bondit, le Portugal, pays de ma jeunesse ! Je m'assois sur un banc et me laisse aller à mes souvenirs. Je me souviens du fait que Fatima est un lieu de pèlerinage au Portugal.

Bon ! Il est temps pour moi de tenter de la retrouver parmi les promeneurs. Je m'en remets souvent à la chance, j'ai toujours sur moi mon trèfle à quatre feuilles.

Je relève le challenge.

Cette jeune fille a dû s'apercevoir de la perte de son document, elle va sûrement revenir sur ses pas.

Je mise sur cette démarche, m'identifiant à elle.

J'avance sur cette grande allée arborée bondée de visiteurs. Je balbutie des *« pardons par-ci, des pardons par-là »*. Certains s'esquivent, d'autres restent en plein milieu. Qu'importe, je cours après le temps, alors je contourne l'obstacle et je presse le pas.

Face à moi je vois une jeune fille, cela pourrait être elle. Elle ressemble tellement à la photo. De plus, elle semble stressée. Son attitude confirme mon ressenti : son regard furette partout, il est évident qu'elle cherche quelques chose.

J'ose, je tente, je vais vers elle ! Je l'aborde franchement, comme un adolescent maladroit courtiserait une jeune fille.

- Bonjour Mademoiselle, excusez-moi de vous aborder ainsi de manière aussi cavalière. Je crois que vous cherchez ça, lui dis-je en lui tendant la pièce d'identité.

Elle pousse un soupir de soulagement, joint les mains en

forme de prière, comme pour remercier le Seigneur.

Elle saisit la carte d'identité et dit d'une voix douce et chantante à l'accent prononcé :

- Olà, Senhor ! Obrigada por me devolver meu cartäo *(Bonjour Monsieur ! merci d'avoir retrouvé ma carte)*
- Bom Dia, Senhorita ! *(Bonjour, Mademoiselle)* Lançais-je, ravi de pouvoir communiquer en portugais.
- Vous êtes portugais, me demande-t-elle ?
- Non, mais j'ai vécu au Portugal, j'étais à Viana Do Castello. Et vous, de quelle région êtes-vous ?
- Ah ! Je suis de Braga. Je rends visite à ma mère que je n'ai pas vue depuis des années. Nous sommes fâchées depuis qu'elle a quitté mon père pour un autre homme. Elle vit ici avec lui. J'ai mûri... Je compte lui faire la surprise de ma visite. Je me demande pourquoi je vous raconte tout ça. Vous êtes un étranger...

C'est sûrement parce que vous avez retrouvé ma carte d'identité que je me laisse aller à des confidences.

La vie est étrange parfois...

- Confidence pour confidence, j'ai moi aussi refait ma vie ici.

Je surpris beaucoup d'émotion dans ma réponse, et me sentis troublé en évoquant cette période chère à mon cœur. Il est pourtant rare que je me livre ainsi...

- Ca alors ! Coïncidence en effet, Lyon rapproche les cœurs, ajoute-t-elle en me souhaitant une bonne journée.

Un long silence enveloppe l'ambiance.

Nous nous quittons en nous serrant la main.

J'ai le cœur heureux d'avoir revécu durant quelques instants le souvenir de ma magnifique rencontre avec Iréna qui fait de moi le plus heureux des maris.

Fatima poursuit sa route vers son nouveau destin…

Je rentre chez moi. Je retrouve la femme de tous mes bonheurs et la serre contre moi avec encore plus d'intensité.

Quelques heures plus tard, on sonne à la porte.

Quelque peu agacé, je vais ouvrir…

Je reste sans voix.

Elle est sidérée, elle aussi !

C'est incroyable !

Elle est là devant moi. Elle rougit. Ses yeux se remplissent de larmes.

Fatima comprend que le hasard a mis sur son chemin, moi, l'homme qui lui a volé sa mère.

LES H L M

Excentrée, la cité HLM «Les Hirondelles» domine la ville et forme deux immenses triangles en forme d'aile, un à l'intérieur, l'autre à l'extérieur, et qui n'ont pas moins de huit étages.

Les entrées des immeubles se font face, les balcons surmontant les entrées.

Raymond y réside depuis trente ans. Malgré les apparences un peu vétustes des façades, l'intérieur des appartements est spacieux, très fonctionnel : une grande cuisine donnant sur le balcon, un beau « dressing-room », chambres et salon en pleine clarté.

Les immeubles sis à l'Est ont le soleil jusqu'à midi, ceux situés à l'ouest sont ensoleillés jusqu'au coucher donnant une couleur jaune orangée à la cour intérieure avant de sombrer dans l'obscurité.

De très larges balcons permettent de s'y prélasser sans y être à l'étroit, certains locataires y ont installé des tables et chaises pour profiter de la douceur estivale.

Raymond passe de longues heures sur son balcon à observer - qui se gare, qui rentre, qui sort, qui est avec qui et ainsi de suite...-

Âgé de 70 ans, veuf depuis 4 ans, sa seule distraction est l'animation de son environnement direct.

Il sait tout sur tout, ou presque, mais ne parle de rien à qui que ce soit.

En face de son appartement, au 1er étage, une créature à la chevelure ébouriffée, aux yeux couleur jade, au nez retroussé à la Cléopâtre, à la bouche fine en forme de cœur, des gestes lents et majestueux passe elle aussi des heures sur son balcon.

Mais pas pour les mêmes raisons que Raymond qui lui, a bien compris les intentions de ce personnage un peu atypique : elle observe un être tout aussi délicieux qu'elle, son voisin du rez-de-chaussée !

Elle cherche à attirer son attention.

Cette autre personnalité, aussi riche en couleur que celle du premier étage, est assise dans un fauteuil en tissus décoloré par le soleil. Elle est à l'ombre sous un grand tilleul et passe elle aussi des heures à lancer des regards furtifs vers la belle du 1er étage.

L'un et l'autre se reluquent, s'étudient, se guettent comme

le feraient des teenagers.

Parfois, elle remet de l'ordre dans sa tignasse, passe ses membres supérieurs sur ses yeux
pour se protéger du soleil intense qui l'éblouit, pendant que lui, la regarde avec intensité. Il baisse parfois la tête, sûrement à cause d'un peu d'arthrose dans le cou. Il se repositionne et redirige la tête vers la dulcinée.

Raymond se demande : quand ces deux-là vont-ils enfin passer à l'acte ?

Cette parade amoureuse dure depuis des mois.

« Je veux bien qu'ils aient eu l'un et l'autre un passé affectif douloureux qui les angoisse au point de rester chacun sur leur garde - faut dire qu'ils ne sont plus très jeunes-, -leurs toisons respectives sont grisonnantes- mais à un moment donné il faut agir, il faut faire le grand saut » pense le scrutateur nommé Raymond.

Raymond vient à peine de terminer sa pensée, que la belle du premier décide de franchir le pas.

Elle sourit à son prétendant à gorge déployée et lui envoie quelques signaux de désirs ardents.

La belle étire ses membres supérieurs, puis inférieurs, elle est prête. Elle gigote dans tous les sens, s'agite d'avant en arrière.

25

Raymond est stupéfait par cette attitude qu'il trouve burlesque surtout pour un être de cet âge-là. *« Généralement on se modère, on gère ses émotions »* se dit-il.

« Les femmes sont bien plus entreprenantes que les hommes. Elles bousculent tous les codes établis par la société » songe Raymond.

Elle s'étire à nouveau, prend sa décision.

Elle descend...

La voilà assise auprès de son prétendant, qui se pousse pour lui faire une place. Il lisse sa moustache, hérisse son pelage roux tigré et tous deux feulent de plaisir à l'unisson.

La chatte angora blanche aux yeux verts se love dans le cou du chat tigré de gouttière aux grandes moustaches.

- Chats alors ! Enfin ! S'exclame Raymond, souhaitant que leur vie commune soit bien longue.

LA FORET VOSGIENNE

Elsa vient d'emménager dans un lieu-dit près de Gérardmer. Son chalet est à l'orée d'une forêt de sapins dans laquelle elle fait son jogging tous les matins dès 7 h 30.
Tous les jours elle suit le même chemin.
Dans les montées et dans les descentes, entre les résineux et les massifs de myrtille, elle croise des écureuils, les biches s'enfuient quand elle arrive, les oiseaux gazouillent sur les branches des sapins.
Tous les matins elle passe devant la maison du garde forestier, une maison en chêne foncé du sol au toit, des rideaux Vichy rouge ornent la fenêtre, un jardinet devant l'entrée dont une allée en en gravier blanc le partage en deux : un côté potager, un côté floral.
Cette allée mène jusqu'au perron de la maison avec quelques marches sur lesquelles est assise une petite fille aux cheveux roux.
Elle déjeune, un bol de céréales posé sur les genoux.
A chacun de ses passages quotidiens, cette petite fille en pyjama, nattes tressées reposant sur ses épaules la salue.
Elsa lui répond d'un large sourire.

Ainsi tous les jours du lundi au vendredi, le week-end Elsa ne court pas, elle est chez Baptiste, son petit ami depuis quelques mois déjà.

Puis lundi revient, et ce sont les retrouvailles avec la petite fille.

Pareille à la semaine précédente, même place, les cheveux roux toujours nattés sur les épaules, même bol de céréales... il n'y a que la couleur du pyjama qui change, tantôt uni de couleurs différentes, tantôt imprimé de fleurs ou d'animaux. Au fil des semaines, une complicité s'installe entre la petite fille et Elsa. Des mots s'ajoutent aux gestes et aux expressions.

– Coucou !

– Hello ! répond Elsa toujours en mode course.

Puis un matin, la petite fille a délaissé son poste de garde et surprend Elsa en étant derrière le portillon peint en vert.

– Comment tu t'appelles ? demande la petite fille

Elle ralentit sa course et continue à sautiller pour ne pas refroidir les muscles.

– Elsa ! Et toi ?

– Chloé, et j'ai 9 ans !

– Bonjour Chloé, tu vas à l'école ce matin ?

– Oui ! Je suis au CM1. C'est mon papa qui m'amène à l'école. Tu veux bien être ma copine ?

- Si tu veux ! Je suis obligée de te laisser, je finis mon jogging puis je vais travailler. Donc à demain Chloé, bonne journée.

Chloé guette chaque matin, Elsa, qui de son côté, espère aussi la revoir.

- Bonjour Chloé ! Comment vas-tu ce matin ?
- Salut Elsa ! Je suis un peu malade, j'ai toussé toute la nuit, mais je voulais te voir, c'est pourquoi je suis dehors.
- Ah bon ! Alors on va beaucoup moins parler. Regarde, dit Elsa, en joignant le geste à la parole. Elle porte la main à sa bouche et envoie d'un souffle une petite bise en lui disant que c'est un ange qui lui fera et qu'elle sera guérie le lendemain.
- Ça y est ! L'ange vient de m'embrasser. Je vais mieux...A demain …

Elsa reprend sa course tout en entendant Chloé tousser.

Deux jours de pluie durant lesquels Elsa ne court pas.

Une embellie, un ciel clair, Elsa reprend son entraînement.
La forêt revit aussi, les écureuils reprennent leurs sauts périlleux, les oiseaux leurs chants mélodieux, les fleurs s'épanouissent.

Ces brèves rencontres sont vite devenues leur rendez-vous quotidien.

Chloé raconte ses histoires d'école, des histoires d'animaux, la dernière blague de Toto.

Elsa et Chloé rient à n'en plus finir. Chloé rentre et Elsa continue sa route.

Mais un matin, la forêt n'est pas comme tous les jours.

Les écureuils ne font plus les acrobates aériens, les oiseaux sont muets, les branches des sapins ploient comme si une attraction terrestre les tirait vers le sol, les myrtilles jonchent le sol sous leur massif.

Sensation étrange...

Elsa arrivée devant la maison, ralentit sa vitesse. Elle n'est pas là... le perron est vide ! « *Bizarre, c'est la première fois que Chloé n'honore pas notre rendez-vous* » pense Elsa.

Elsa continue sa course, l'esprit quand même préoccupé. Elle réduit la cadence. Elle prend un instant de réflexion.

« *Je reviens sur mes pas ? Je continue ?* »

Sans attendre une réponse à ses propres questions, Elsa fait demi-tour. Arrive près de la maison du garde forestier, aperçoit au loin dans la cour un homme à forte corpulence qu'elle pense être le papa de Chloé.

– Bonjour Monsieur, je suis Elsa

– Bonjour Madame ! Je sais qui vous êtes, Chloé me parle souvent de vous !

Les immenses yeux bleus du père se remplissent de larmes. Hébétée et gênée, Elsa le regarde sans rien dire, puis dirige son regard vers cette forêt qui reste toujours muette.

Le père de Chloé s'approche d'elle et comme pris d'une subite envie de consolation la prend dans ses bras et se met à sangloter.

Elle se sent de plus en plus mal à l'aise... et émue.

– Chloé a eu une terrible crise d'asthme cette nuit, elle est décédée lui annonce le papa totalement effondré. Elle serrait dans sa main un ange.

Elsa est troublée, terriblement affectée par l'annonce de la mauvaise nouvelle.

Elle lève la tête vers les cieux, envoie un baiser en soufflant sur sa main.

Les nuages s'écartent pour laisser passer ce messager porteur du baiser.

A partir de ce moment comme par magie et pour rendre hommage à Chloé, la forêt et ses habitants se sont mis en mouvement.

Les écureuils ont repris leur parade, les oiseaux ont chanté à l'unisson, les sapins se sont redressés vers le ciel en signe de vénération, les myrtilles se sont mises en ordre de marche vers le chemin de la maison de Chloé, les biches qui d'habitude prennent la fuite, se sont rassemblées autour de la maison et ont bramé de douleur.

Elsa le lendemain a mis des anges blancs sur le parcours de son jogging, sous la surveillance bienveillante de la forêt.

Puis continue sa course et souffle une bise à Chloé tous les matins quand elle passe devant la maison, et ce du lundi au dimanche, car depuis Elsa n'a plus d'amoureux.

LA PORTE DE LOUISE

Elle marche devant moi, à petits pas rapides. On a l'impression qu'elle glisse comme une patineuse sur les pavés épais de la ruelle.

Mon pas est plus rapide que le sien, je le freine. Je peux la doubler et continuer mon chemin mais quelque chose en elle m'attire et m'incite à la suivre.

Je ne suis pas pressée. C'est mon jour de congé, j'ai décidé de me promener dans mon village résidentiel provençal, aux maisons de murs en pierres apparentes, aux fenêtres à petits carreaux, pure tradition provençale, et aux volets bleu lavande. Certaines maisons ont des escaliers « haut de forme », certaines sont de plain-pied, d'autres ont un balcon en fer forgé noir, d'autres encore des fenêtres sur cour. Nous nous croyons dans la cour d'un château du 17 ème siècle.

Cet ensemble de maisonnettes porte en son centre une magnifique fontaine, une fontaine ronde en pierre avec une petite margelle sur laquelle nous pouvons nous asseoir. Au milieu de cette fontaine, un obélisque et au sommet une étoile en fer forgé. Au pied de cette colonne quatre dragons en bronze, crachant des eaux limpides comme des jets de feux.

« La mamie » devant moi poursuit son chemin, tranquillement sans se soucier des alentours. Elle semble avoir un objectif.

Elle prend une petite ruelle sur la droite, légèrement sinueuse. Après ce léger virage, elle s'assoit sur un banc en pierre aux pieds apparents, l'assise lustrée au fil du temps, par tous les postérieurs, des petits, des gros, certains recouverts de jupes, d'autres de pantalons.

« La mamie » s'assoit, pousse un gros soupir que je ressens plus que je n'entends, sûrement parce qu'elle venait d'atteindre son but.

- Je m'appelle Julie. Puis-je vous tenir compagnie, Madame ?

Elle relève la tête, la tourne vers moi. Ses yeux sont couleur noisette avec des reflets verts que quelques rides entourent, sa bouche aux lèvres minces est rehaussée d'un soupçon de rouge à lèvres rosé estompé par ses allers retours labiaux. D'un geste de la main gracile elle m'invite à m'asseoir.

« Cette mamie » a dû être extrêmement mince et élégante, ses vêtements sont très chics. Elle porte une veste cintrée et jupe droite, en coton piqué d'un parme clair, un chemisier dans un tissu fluide au col Claudine et boutons en nacre de couleur rosée. Elle porte cet ensemble avec une élégance princière.

En m'asseyant près d'elle, je déplace un peu d'air, une odeur de parfum vanillé m'effleure les narines, je ferme les yeux une seconde pour sentir cette effluve qui m'enveloppe dans un nuage odorant furtif.

Elle recroqueville ses jambes sous le banc, tire sur sa jupe pour cacher par pudeur ce que l'on perçoit à peine, de jolis et frêles mollets fuselés couverts d'une paire de bas en voile incolore, une paire de ballerines rose poudré avec un nœud en cuir sur le dessus termine d'habiller ses jambes.

Mon œil d'experte ne loupe rien, je suis vendeuse dans le prêt-à-porter féminin.

Quel âge peut-elle avoir ? Un visage lisse, une peau encore élastique, environ 65 ans…

Nous sommes assises face à un mur d'une maison dont les fenêtres me font davantage penser à des « fenestrons » comme on dit en Provence, qu'à de véritables fenêtres tant elles sont petites, surtout pour une ruelle où le soleil a du mal à faire sa place à cause de la hauteur des maisons et de l'étroitesse des rues.

Je commence à lui parler sans me soucier si ma présence la

gêne ou pas, je prends plaisir à lui faire partager mes connaissances historiques du village.

- Vous voyez cette chaîne scellée sur la paroi, que les propriétaires conservent comme une pièce historique. Elle permettait de guider l'eau de pluie jusqu'au sol pour éviter d'inonder la façade de la maison, ce qui explique pourquoi sous cette chaîne nous trouvons de la mousse verdâtre.

« Cette mamie » m'écoute attentivement, ses yeux faisant des allers-retours sur la chaîne.

Après un moment de réflexion, « la mamie » brise le silence : « *vous avez rrraison Julie* ».

Sa voix était fluette, douce, avec un accent enchanteur qui roulait les R, chaque mot devenant une mélodie, puis un léger silence. L'une et l'autre nous nous sommes laissées aller à la plénitude.

« La mamie » a repris la parole : « regardez bien cette porte, jeune fille » dit-elle alors que je rougissais.

Elle la désigna avec son index fin et arthrosique. Regardez-la bien !

L'une et l'autre observons cette porte. C'est une porte en bois verni couleur chêne clair, environ 1,20 m de large sur 1,50 m de haut, entourée de pierres taillées, ce qui donne une jolie finition. Une poignée en fer forgé en forme de clé de sol permet d'ouvrir et fermer la porte. Sous cette

36

poignée, un trou de serrure de taille inhabituelle. J'imagine la clé, environ dix cm, un peu rouillée, des clés pareilles ne peuvent être que d'origine.

« La mamie » reprend son souffle et continue son récit :
« Aussi loin que puissent me ramener
mes souvenirs, cette porte n'était pas aussi jolie. Elle était en bois simple, un voisin l'avait faite avec de très belles planches de bois brut et clair. Je la franchissais souvent quand j'étais petite. Je l'ouvrais pour rentrer, je l'ouvrais pour aller jouer dehors et ainsi de suite. Elle était l'intermédiaire entre l'extérieur d'un monde gentil, aimable et d'un monde intérieur rempli de chaleur, de protection, et d'un immense amour »

Elle reprend son souffle et continue :
« Cette porte était ce qui me reliait à ce que j'avais de plus précieux dans ma vie. L'intérieur de la maison était simple et modeste, un carrelage en tomette rouge, des murs en pierre, une jolie cuisine avec un évier en pierre de Ménerbe, une table en bois robuste, des chaises assorties avec l'assise en paille, paille qui commençait à se détricoter et nous piquait le derrière. La confection de coussins de chaises était en cours de réalisation, « Elle » les réalisait elle-même, mais il fallait attendre la fin de l'un pour entamer l'autre. - Il sentait toujours bon dans cette cuisine, sur la cuisinière à bois mijotaient tout le temps des plats à cuisson longue et lente : daube de taureau, lentilles, choucroute.

Oui elle était de l'Est de la France, ce qui donnait dans la maison un mélange savant de cuisines régionales …J'adorais ces odeurs, elles réchauffaient mon cœur et calmaient mon appétit »
La cuisine était partagée en deux, un coin cuisine et un coin salon. Dans un coin du salon il y avait un vieux fauteuil à bascule qu'on appelait un « rocking chair », drôle de nom, mon cheval à bascule on le nommait cheval à bascule, et non un « rocking horse».

En revoyant la scène, « la mamie » esquisse un large sourire et me regarde, me demandant d'imaginer la scène durant quelques minutes. Son sourire dévoile des dents ternies par le temps, mais très régulières.

Après un long silence de recueillement, je lui demande :
- Avez-vous longtemps vécu dans cette maison ? Vous paraissez si attachée !
Elle m'écoute attentivement. Ses yeux reflètent une émotion profonde soutenant mon regard un moment. Puis tourne la tête vers la porte et me dit de sa voix chantante.
-   Voilà ce qui m'émeut derrière cette porte à chaque fois que je viens : la personne qui habitait deRRRière cette porte m'a rendue heureuse à un point que vous ne pouvez imaginer. Oui, j'ai été heureuse dans cette maison. C'était la maison du bonheur, de mon bonheur.

La chambre était attenante à la cuisine. Juste à côté du grand lit de l'adulte, se trouvait mon lit. Il était recouvert de draps en lin avec mon prénom LOUISE brodé dessus en fil rouge au point passé plat. La broderie était sa passion. Une couverture en laine par-dessus.

Avant de nous endormir, nous devions chanter, ou raconter une histoire. Bien souvent cela se terminait pas des fous-rires, puis main dans la main, nous nous endormions toutes les deux, heureuses de notre journée et surtout d'être ensembles unies pour la vie.

Venait ensuite le temps du lendemain, si c'était les vacances, nous allions au parc, faire de la balançoire. Ces balançoires à bascule… celle qui pèse davantage que l'autre laisse toujours la plus légère en haut, autant qu'elle le veut. Je battais des pieds, pensant pouvoir provoquer ma descente, et je grondais de mille cris pour pouvoir me balancer enfin !

Par indulgence ! Et surtout par amour ! Elle se levait d'un seul coup, sans que je m'y attende. Vlan ! Poum ! J'atterrissais en bas en moins de temps qu'il ne fallait pour le dire. Nous finissions enfin par nous balancer, elle faisait mine d'être légère.

Ensuite l'heure des devoirs ! Ah là là quand j'avais compris mes leçons, j'aimais ces moments, mais quand je butais ouille ! J'avais droit à une morale d'enfer. « Ecoute Louise, l'école est importante, ne laisse pas les autres décider à ta place, l'école te rendra libre et indépendante, faut s'accrocher !». Elle cuisinait pendant ce temps-là. Les devoirs se faisaient toujours dans la cuisine à côté d'elle, elle adorait citer Confucius, le grand Sage chinois. « Exige beaucoup de toi-même et attends peu des autres. Ainsi beaucoup d'ennuis te seront épargnés »

- Savez-vous faire la roue ? » Me demande soudainement Louise, me sortant de ma rêverie.
- La roue ? Quelle roue ? »

- Oui, la roue des gymnastes…. la roue des clowns, la roue sur les mains - C'est encore « Elle » qui me l'a apprise. A part nager comme un dauphin, et courir comme une gazelle, la gymnastique n'était pas son fort. « Elle » a longuement réfléchi, décomposant le mouvement : elle a positionné mes mains dans l'axe du corps, m'a appris à prendre de l'élan en lançant une jambe arrière, ce qui entraînait le corps entier. A force de répétition et ténacité, j'ai appris à faire la roue, alors qu'elle en ignorait elle-même le principe… « C'est une affaire d'observation » me disait-elle.

« Elle » fit pareillement pour m'apprendre à faire du vélo, qu'elle maîtrisait en revanche. En deux heures d'apprentissage j'étais libre sur mon vélo, finies les petites roues.

« Quelle fierté et une fois de plus c'est « Elle » qui m'a guidée. C'était pour tout pareil, la natation, la danse, « Elle » m'a appris à danser le rock, j'étais la seule enfant de l'école à huit ans à savoir danser le rock…

D'un seul coup d'un seul, tombait « un trois fois six ça fait combien? » je devais connaitre ma table de multiplication même par surprise. Je me ressaisissais vite. Si c'était exact, un serrage de mains en guise de félicitations et si c'était faux, vlan ! Encore un coup de morale sur mon avenir !

Idem en grammaire. Tu chantes : tu l'écris comment ? à la fin

« Elle » était tout pour moi… mon amie, ma confidente. Je la revois encore. - Elle était grande, des yeux noisettes pétillants tantôt rieurs tantôt grondeurs. Un peu gironde, mais elle était à l'aise dans son corps. Quand elle m'enlaçait, j'avais l'impression d'être dans de la ouate…oh comme j'étais bien avec « Elle », sur « Elle », près d « Elle ». Elle me manque encore !

Tout d'un coup on entend derrière la porte un clic-clac métallique… Nos yeux sont rivés sur cette poignée. Louise est suspendue à ce bruit.

Louise a les larmes aux yeux. Je reste à la regarder tout en évitant son regard pour ne pas troubler son émoi.

L'interrogation m'envahit. Pourquoi Louise est–elle si attachée à cette porte ?

Louise ne parle plus. Elle commence à s'agiter. On dirait qu'elle attend l'ouverture de cette porte avec impatience.

Je suis prise dans le suspens. Je n'ai plus envie de partir. Je veux savoir …je décide de rester jusqu'au bout.

Louise fixe intensément la porte.

Enfin, la délivrance ! La poignée en forme de clé de sol se penche vers le bas, la porte s'ouvre enfin.

Je vois apparaitre un homme grand, musclé, à peu près du même âge que moi.

Oh ! On aurait dit un Dieu,… Apollon ! Sensation bizarre…

En voyant Louise, il s'empresse d'aller vers elle, la serre fortement dans ses bras.

- Bonjour, Madame, me dit-il en me tendant la main. Je suis Maxime, vous avez accompagné Louise dans son récit ?

- Oui ! Je suis Julie. Comme Louise a dû être heureuse ici, elle en parle avec tant d'amour !

- C'était la maison de sa grand-mère !

J'écarquillais les yeux. Je balbutiais, « sa grand-mère…Heu ! Heu ! Sa grand-mère » comme s'il m'était impensable que Louise pût avoir une grand-mère. J'ai cru qu'il s'agissait de sa mère, il y avait tant d'émotion, tant d'amour dans ses phrases que je ne pouvais attribuer ces pensées que pour une mère, ajoutais-je quelque peu déstabilisée…

Je faisais surement un transfert. Pensais-je subitement… le manque d'amour, d'intérêt dans lesquelles j'avais été élevée, ce que j'avais tant espéré, je le vivais à travers le récit de Louise…

Louise était fusionnelle avec sa grand-mère, précisa Maxime. Elle avait des parents qui se disputaient beaucoup, sa grand-mère l'a couvée dès sa naissance, s'est occupée d'elle.

Quand Louise a eu dix ans ses parents sont partis dans les Landes et Louise n'a plus jamais revu sa grand-mère. Ce fut un véritable déchirement pour elle.

Ses parents rompirent tous les liens avec la grand-mère. Louise une fois grande, est revenue la voir. Hélas, la grand-mère avait disparu. Louise a eu un grand chagrin. Sa grand-mère lui a laissé cette maison, en demandant à mes parents d'en prendre soin jusqu'à la majorité de Louise.

A sa majorité, Louise est revenue voir mes parents. Ma mère et elle était amie. Louise a refait sa vie dans les Landes, où elle exerçait le métier d'avocate. Elle a laissé cette maison en location à mes parents avec une clause dans le bail, précisant que chaque année, à la date anniversaire de sa grand-mère, Louise devait pouvoir accéder à l'intérieur de la maison pour se recueillir sur ces tendres moments de son enfance qui ont marqué une partie de sa vie.

Je suis son locataire, précise Maxime. Elle revient chaque année à la même date.

Par respect à la grande amitié que mes parents et sa grand-mère entretenaient, je continue à respecter cette clause. Chaque année, même rituel, je lui ouvre la porte, elle part se ressourcer sur les traces de sa grand-mère, sans un mot, sans un regard en arrière, Louise repart…à petits pas sur les pavés épais des ruelles.

Maxime et moi, nous nous sommes regardés longuement, la magie de la première seconde de notre rencontre reste encore figée dans nos cœurs, car nous nous sommes mariés et chaque trois mai nous attendons Louise.

SOMMAIRE

- BOOMERANG 9
- FATIMA 19
- LES HLM 25
- LA FORET VOSGIENNE 31
- LA PORTE DE LOUISE 37
  A OBTENU LE 7 ÈME PRIX